동남문학 스물세 번째 작품집

보이지 않아도 보고
들리지 않아도 듣는

초판 발행 2022년 12월 23일
지은이 동남문학회

펴낸이 안창현 **펴낸곳** 코드미디어
북 디자인 Micky Ahn **교정 교열** 민혜정
등록 2001년 3월 7일
등록번호 제 25100-2001-5호
주소 서울시 은평구 갈현로 318-1 1F
전화 02-6326-1402 **팩스** 02-388-1302
전자우편 codmedia@codmedia.com

ISBN 979-11-89690-88-5 03810

정가 12,000원

동남문학 스물세 번째 작품집

보이지 않아도 보고 들리지 않아도 듣는

기억은 추억으로 남아

다이어리나 작은 수첩에 적어두어야 할 것들을 굳이 메모하지 않아도 마음만 먹으면 그것을 기억하는 일은 쉬운 적이 있었습니다. 얼마 전까지만 해도 미래에는 우리가 정보의 홍수 속에 살아가게 된다는 미래학자들의 이야기를 그저 대수롭지 않게만 들었습니다. 최소한 내 손안에 노트북과 휴대폰 등이 쥐어지기 전까지는 그랬던 것 같습니다.

　최근에는 나이까지 한 몫을 더하여 상상할 수 없는 정보의 홍수 속에 살다 보니 기억력 상실의 시대라는 말이 더욱 실감 나게 하는 일상입니다. 첨단시대의 거센 물결들을 거스를 수는 없다고 하지만 최소한 기억해야 할 가족의 전화번호나 현관문의 비밀번호마저 잊어버리는 일은 비단 저 혼자만의 일은 아닌 듯싶습니다.

　농촌의 산과 들에서 도시의 한복판에서 길거리에서 군중 속에서 가슴속으로 느껴지는 시심들을 붙잡아 컴퓨터 자판기 앞에 앉아 하얀 여백에 활자 하나를 새겨 넣는 일도 참으로 어려운 일이 되어가고 있습니다. 우리의 삶도 그 순간을 알토란같이 잘 붙잡아 두지 않으면 여백은 잃어버린 시간들로 가득 채워지고 그저 지나간 한때의 추억으로만 남게 될 것입니다.

　여기, 그 의미들을 다시 붙잡고 가슴속에 깊이 새기고자 문우들의 한 편 한 편의 시와 수필들을 모아 스물세 번째 이야기 동남문학 동인지란 이름으로 세상에 내놓고 다시금 우리들의 기억을 추억하고자 합니다. 함께 참여해 주시고 응원해 주신 교수님과 문우들에게 깊은 감사를 드립니다.

동남문학회 회장 **안일균**

겸허히 내려놓았던
인고의 수련이 곱다

나무는 한겨울 맨발 맨몸으로 땅속 깊이 발을 뻗어 비바람 폭풍을 감내하며 오롯이 서있다. 온몸의 한기를 추스르기 위해 한낮의 햇살을 전신에 저장하며 파르르 떨고 있는 모습이 대견하다. 가꾸어 놓은 풍성한 잎들을 앙상하게 떨어뜨리며 이별의 아픔을 겸허히 내려놓았던 인고의 수련이 곱다. '인내는 쓰다 그러나 그 열매는 달다'고 했다. 나목은 새봄을 기다려 온갖 열매를 매어 달기 위해 숨을 쉰다.

앞서거니 뒤서거니 수없이 많은 경쟁의 바다에서 한 해를 보내며 수확한 열매는 무엇일까. 크게 경작하지 못했어도 시간은 흐르고 흘러 또 다른 한 해를 기다려야 한다. 어찌 보면 매 순간 우리는 이루지 못한 꿈을 곳간 가득 쌓아 놓고 내일을 약속하는지 모른다. 무엇이 성취되거나 무엇으로 실패를 맛보아도 내일이라는 시간이 있어 얼마나 다행인지 모른다.

지연희 | (사)한국여성문학인회이사장

　　동남문학회의 동인문학 역사도 만만치가 않다. 24년이라는 짧지 않은 세월이 지나가고 그 찬란했던 역사를 이어가고 있다. 그동안 동인들의 건강이 원만치가 않아 가장 마음이 아프다. 코로나19의 황망한 침투로 시작하여 회원들의 건강이 염려되고 있다. 하지만 동남문학은 면면히 새로운 역사의 물결 속에서 분연히 일어서 좋은 시 수필을 쓰는 자랑스러운 문학회로 거듭날 것이다.

Contents

김태실

삶이 문학이고 문학이 삶인 시간을 걷고 있다.
길 위에서의 만남이 꽃피고 열매 맺는 소중한 날들
오늘도 창작의 방에 불 밝힌다.

2004년『한국문인』수필 등단. 2010년 계간『문파』시 등단.『한국문인협회』이사,『한국수필가협회』회원, 계간『문파』이사, 계간『문파』편집위원,『한국가톨릭문인회』회원,『한국여성문학인회』회원,『수원문인협회』회원,『동남문학회』고문. 수상 : 제3회 동남문학상, 제8회 한국문인상, 2013년 한국수필 올해의 작가상, 제7회 문파문학상, 제34회 한국수필문학상, 제7회 월간문학상, 제8회 백봉문학상. 저서 : 시집『시간의 얼굴』『그가 거기에』. 수필집『밀랍 인형』『기억의 숲』『이 남자』『그가 말하네』.

화석

봉긋, 어미 몸을 뚫고 나온 알

벚나무 끄트머리 아기집에 매달려 있다

수액을 먹고 손가락, 발가락이 자라

몸이 불어 완성될 때쯤

약속된 이별이 다가온다

탯줄로 연결된 옹알이

– 엄마, 감사해요

– 그래, 잘 가라

봄바람에 우루루 흩어지는 꽃의 알

꼬리를 흔들며 멀어진다

기억에 흘러 들어가 잠자는 무지개를 깨울

꽃나무의 새끼들

몸을 뚫고 나온 내 분신도

생의 바람 따라 날아갔다

꿈꾸는 이들에게 꿈을 산란하며

세상을 깨우고 있는

꽃잎 몇 장

책갈피의 화석이다

밀물의 시간

발코니 의자에 앉아 밖을 본다
우체국 옆 땅 밑동 다지는 소리
쇳조각 잘라내는 날카로운 파열음
나무를 두드리는 망치의 텁텁텁
후렴처럼 쏟아내는 드르륵 촤악

한 공간에 오래 서 있을
크고 단단한 건물 뿌리 심어지고 있다
뻗쳐있는 무겁고 긴 팔 서서히
시멘트덩이 나르고 철판은 공중을 가른다
사다리 오르내리는 안전 제일 모자

발판과 함께 공중을 난 새
바다에 몸을 심어 뭍에 오르지 못한 사람 있다

저 좁은 나무판 위 외줄을 걷는 다른 발
오늘도 온종일 두드리고 이어 붙이는 힘

땀방울 버무려 식구 위해 뼛골 내주는

아버지가 만드는 세상

그는 지금 밀물의 시간을 살고 있다

보이지 않아도 보고 들리지 않아도 듣는

달실 별실 아닌 해실에 들어
조금 칙칙하고 조금 어두운 이승의 그늘
해 뜨는 방에서 마르고 마르겠다

사는 일이 먹구름 같아서
속엣것 퍼주어야만 환해질 거 같아서
알라뷰 한 마디 눈빛마다 가볍게 날려
솜사탕 펼치듯 펴던 그녀

뜨거운 가루로 부서져
먼저 간 배우자와 같은 방에서
기다리던 얼굴 부여잡고
가슴과 가슴을 나눌

세상을 말랑하게 만들던
하늘누리 제2추모원 해실에 든
오월 아카시아 향 같은 여인

옥합 두 개 이름표 달고 나란하다

비로소 가슴 맞댄 포옹

뼛속까지 하나였던 정분

보이고 들리는 그녀의 이야기

새로운 세상에서 우린 행복하다며

환하게 웃는 얼굴 보인다

낫

가슴에서 타는 화로

속 깊이 달궈진 둥근 쇳덩이

세상을 구르며 스칠 때마다 삶의 무늬를 그린다

검게 탄 흔적은 지워지지 않는 멍 자국

잎이 흙을 향해 투신하듯

벼리고 벼려 공기를 가르는 날렵한 춤을

너의 날개라 부른다

생의 파도에 밀려 한 구석에 쪼그려 앉아

오랜 석상처럼 잊힌 이름

창고에 방치된 네가 내게 건너온 순간

날개에 내려앉은 은은한 빛은 쉼 없이 나를 유혹하고

푸른 별에서 들판의 심장을 훔친다

최정우

가을을 읽는 시가

소중하게

그립다

1965년 경기 안성 출생. 중앙대학교 예술대학원 졸업.『한국문인』시 등단(2005). 현)『문파문학
회』사무국장.『한국문인협회』선임위원,『문협80년사』편집위원.『국제PEN한국본부』,『동남문학
회』,『수원시인협회』회원. 저서 : 공저『시간 속을 걸어가는 사람들』외 다수.

시를 보다

눈이 부시다
나뭇잎에 투영된 햇빛이 눈이 부시다
오늘,
시에 투영된 햇빛이 그리운 날이다.

바람이 흔들린다
바람이 나무 가지에 시를 쓴다
나뭇가지에 쓰인 시를
한 줄,
읽어보는 시가 계절을 읽는다

이제
멈추어 선 이야기들이
나무에 매달려 전해오는
시
길지 않은

노란 가을이 햇빛을 바라보는
햇빛이 멈추어 서서

가을을 바라보는

시

자두

자유롭게 놓인
오래된 나무 상자

찾아온 골목에도
어둠은 깊어가고

밝아오는 아쉬움에
날갯짓이
서럽기만 하던 날

높게 하늘을 훔쳐 낸

쏟아지는 별빛
가슴에 다가오는 두근거림

익어가는 여름
등골을 타고 흘러내린
땀

서선아

가을의 고운 빛들을 보지 못하고
검은 터널에서 그대로 주저앉을 줄 알았다
맑은 하늘을 보며
또다시 나에게도 봄이 오기를 기대한다

대구 출생. 『한국문인』 등단. 『동남문학회』 고문, 『문파문학회』 『백송문인회』 회원 『대한민국문
인협회』 회원(문협70년사 편찬위원). 『동남문학회』 회장 역임. 수상 : 제10회 문파문학상, 제5
회 동남문학상 수상. 저서 : 시집 『4시30분』 『괜찮으셔요』, 공저 『뇌요』 『네모 속의 계절』 외 다수.
E-mail : ssaprincess@hanmail.net

새로 태어나기

누가 만들었을까
하나는 죽인다 하더라도
따라 죽는 것에 책임 없다

그래도 살아야 하니
별 대책 없이 그 독한 놈에게 항복한다

깊고 어두운 터널을 더듬으며 지난다
넘어져 무릎은 깨지고
겨우 목으로 넘긴 건 다시 다 나와
검은 터널 벽에 자국을 남긴다

저기 빛이 보인다
희망이 있다

아, 그런데
세 걸음 걷고 나니
또 다른 색깔의 터널이 앞에 서 있다
앞으로 여섯 개의

보이지 않아도 보고 들리지 않아도 듣는

터널을 더 지나야 한단다

자청해서 팔 들여 밀고

이 고통 낫겠다고 주사 맞으니

누구를 탓할까

오직 완치만을 기다린다

밥 한 사발

부르릉
밥 한 사발 벌이
3,000원

한여름 땡볕에 논매는 농부처럼
햇볕 내리쬐는 아스팔트 길에
헬멧 쓰고 안전복 입고
전신을 땀으로 적신다

부르릉
눈앞은 폭포 같은 비가 오고
길이 강 되어도 달린다
밥 한 사발 벌이

어느 누가 야식을 시켰는지
부르릉

여보게
나도 내일 밥 벌러 나가야 하니
잠 좀 자세

염원

나는 이제 완전히 낫는다
아프지 않다
모든 게 좋아진다

나는 이제 괜찮아진다
나는 이제 괜찮아진다
나는 이제 괜찮아진다
………

가만히 들리는 아련한 소리
눈떠 보셔요
숨은 크게 쉬시고
수술은 잘 됐어요

기도로 구하는
꿈꾸듯 지나간 수술 시간
완전해지길
진심으로 간구한다

곽영호

20년
동남문학 명찰을 달았다.
오랫동안

화성 출생. 수상 : 농어촌문학상(2015) 수상. 저서 : 수필집 『나팔꽃 부부젤라』 (수원시 문화예술
지원금 수혜). E-mail : era3737@hanmail.net

광교산 1

　　바라만 본다. 양팔 벌려 수원을 감싸주는 주산이다. 턱밑에 살아오면서 수도 없이 오르던 산인데 이제는 늙어서 오르지를 못하고 쳐다만 본다. 여름산은 푸른 덩어리다. 푸르게 부풀어 오른 산세가 부잣집 영감님 우묵주묵한 얼굴 같기도 하고. 가파르던 산비탈이 중년의 여인 몸매처럼 투실하다. 나는 반평생을 이 산에 기대어 살았고 산은 나의 늙어짐을 지켜봤다. 산골 태생이라 산을 보면 고향에 두고 온 초등학교 추억 같아 남다르게 의지를 한다. 좋은 일에 기뻐서 산에 올라 소리쳐 본 적은 별로다. 세상살이가 답답하고 원망스러울 때 주로 찾았다. 지금은 늘쩡거리는 몸으로 올려다만 보고 신세를 한탄한다. 나는 늙었는데 산은 무성하게 푸르다.

　　산을 오르던 기억과 몸에 익은 풍경이 유산이 되어 산을 추억하게 된다. 남들은 어려운 공부를 하고 외국 유학을 가서 출세의 길을 찾았다면, 나는 독학하는 불우한 청소년처럼 산에서 놀면서 세상을 배우려고 했다. 산은 가르쳐주지를 않고 시시때때로 보여주기만 한다. 아둔한 눈과 슬기롭지 못한 머리로는 보고도 모르고 듣고도 몰라 깨닫지를 못했다. 연초록으로 싹트는 봄의 희망도. 잎이 우거지는 여름 녹음의 기운도. 열매 맺는 가을의 결실도. 하얗게 끝맺음 하는 겨울의 의미를 터득하기는커녕 이리 뛰고 저리 뛰는 개구리처럼 허둥지둥 덤벙거리기만 했다. 오직 얻은 거라고는 사시사철 변하며 산이 내어주는 새로운 맛, 산 맛이었다.

　　특히, 오늘처럼 푸른 여름 산의 맛을 즐겼다. 산은 호수를 만들어 초등학교 운동회 때 어린 학생들 이어달리기 계주하듯 잇달아 꽃을 피운다. 계절 꽃들이 다르게 계절을 만들었다. 나뭇잎은 하늘을 가리는 차일을 푸르게 쳐 산짐승과 새들과 함께 뭇 벌레들이 자유로이 살게끔 그들의 천국을 만들어 주었다. 그늘 빛은 연둣빛과 싱그러운 푸름이 살짝살짝 비추는 햇빛에 섞여 짙은 녹색이다. 푸른빛이 싱그럽게 펼쳐지면 이상향의 세계, 녹지를 이룬다. 푸른 산이 풍기는 향기는 지친 나의 몸을 쉬게 했고 불끈거리는 마음도 가라앉혀 주었다. 상처 난 마음에 파란 약을 발라주어 낫게도 해주었다. 푸른 세상에 머무르면 편안한 느낌이 들어 자주 찾았다.

푸른 숲길을 걸으면 저절로 콧노래가 나온다. 산유화山有花다. 젊었을 때 산유화가 산에 피는 꽃으로만 알았는데 본디 말의 뜻은 메나리다. 산에는 산울림 메아리가 있고 농부들이 논에서 일을 하며 함께 부르는 농부가의 후렴처럼 뒤따라오는 여음이 메나리다. 잠투정하는 아이를 잠재울 때 어머니가 토닥거리며 흥얼거리는 입소리도 메나리이고, 녹색의 길을 걸으며 흥에 겨워 입 속으로 나도 모르게 나오는 음의 소리가 메나리다. 그 소리를 가리켜 산유화라 한다. 지금은 즐기지를 못하지만 산길을 걸을 땐 늘 나도 산유화를 불렀다. 아마 그 가락은 청승스러웠을 것이다. 왜 그랬을까. 그날이 그날 같아 나뭇잎처럼 새로움이 없었기 때문이었겠지.

어른들 말에 지혜로운 사람은 물을 좋아하고 어진 사람은 산을 좋아한다고 했다. 나는 지혜롭지도 어질지도 못하면서 산을 좋아하는 까닭은 심란한 사람을 반겨주는 포근함이 있기 때문이다. 푸른색이 주는 느낌이 여름 산의 맛이다. 울창한 숲속에 들어서면 마치 춥고 외로운 밤 푸근하게 덮어주는 이불 같았다. 이불 속처럼 편안함을 느끼고는 했다. 자기를 다듬을 수 있는 유일한 곳이 이불 속이다. 남들이 보지 않는 곳이니 혼자서 호기를 부릴 수도 있다. 따분하고 못마땅한 세상을 원망할 수도 있어, 숲 이불 속에서는 내 마음대로 활개를 쳤다. 푸른빛이 나를 반겨주고 답답한 가슴을 쓸어내려 주어 의지하려고 자주 찾았다.

산에서 놓칠 수 없는 것이 산의 소리다. 생명이 살아 움직이는 곳에는 어디고 소리가 있게 마련이다. 바람 소리 물소리 같은 자연의 소리가, 듣는 귀를 쫑긋거리게 하지만 그보다 생명의 소리가 더 다가온다. 이름 모르는 새들은 여편네한테 소리소리 지르고 미안해하지도 않는 못된 사내들처럼 온 산을 뒤흔드는 소리로 소란을 피우고도 그만이다. 쉴 새 없이 울부짖는 소리에는 사랑 찾는 힘이 있다. 시끄러운 소리에 매료되어 찾아오는 짝도 있다. 실낱같은 벌레들 소리에도 사랑 찾는 소리가 있다. 사랑 쫓아 헤매는 귀에만 들리는 소리다. 생명에는 모두가 나름대로 사랑을 갈구하는 소리가 있다. 사랑을 부르는 소리를 못 내는 벽창호, 나 같은 존재는 산에는 없다.

산등성이를 걷는다. 광교산은 육산이라 등줄기가 길다. 어머니 등에 업혀 어릴 때 실눈 뜨고 가던 평온한 느낌이다. 건들거리는 발걸음으로 자유인이 된다. 잊히지 않는 순간의 추억이다. 산마루에는 특별한 맛이 있다. 산바람 맛이다. 폐부를 씻기는 산바람 맛은 산등성이에서만 맛볼 수 있다. 오장육부 속이 시원할 뿐만 아니라 머리도 상쾌해진다. 청량음료를 실컷 마신 것처럼 후련하다. 힘든 싸움에서 승리를 거둔 것처럼 통쾌해진다. 시간을 허비해도 아깝지 않은 시간이었다. 밥을 먹으면 배가 부르지만 바람을 먹으면 마음이 부르다. 오늘도 그 맛을 그리워한다. 쪼그라진 가슴으로 산바람을 마음껏 마시면 보약 먹은 것처럼 기운이 불끈 솟는 것 같다. 산바람은 산에 오르는 사람에게만 생기를 불어 넣어주는 바람이다.

하늘과 맞닿는 정상에 다다른다. 산등성이에서는 조금씩 보이던 세상이 산꼭대기에서는 더 넓게 펼쳐진 아름다운 세상이 한눈에 보인다. 나무 등걸에 앉아 아래 세상을 내려다보면 수원 시내가 손에 잡힌다. 게딱지만 한 나의 둥지도 더듬어 찾아본다. 높은 빌딩 사이로 분주하게 질주하는 차량 물결이 부럽기만 하다. 정상은 오래 앉아 있도록 허락하지 않는다. 다시 오를 수 없는 정상 꼭대기는 나를 쫓아낸다. 광교산 정상이 나에게는 반환점이 아니고 작년이 마지막 슬픈 꼭짓점이 되고 말았다. 비탈길이 힘들다고 투정도 많이 했고, 제 성질에 못 이겨 중간에 돌아온 적도 한두 번이 아니다. 산은 투정을 해도 마냥 받아주는 검버섯 돋은 어머니 같았다.

심신이 허약한 우울증 환자를 고쳐주는 병원이 산이다. 내가 그런 환자였다. 쓰잘머리 없는 걱정이 파도처럼 밀려오고, 스트레스가 시장바닥 뻥튀기처럼 튕겨 나오고, 잡생각으로 머리 아픈 병을 산에 오르면 말끔하게 고쳐주었다. 기분이 맑아지는 푸른빛이 마음을 차분하게 가라앉혀 주었고, 새들의 소리에 사랑의 용기를 얻고, 바람의 맛이 찌든 마음의 때를 씻겨주어 병을 고쳤다. 발아래 구름이 지난날 잘못을 가려주어 새사람이 되게도 해주었다. 의지하던 광교산이 고쳐준 마음의 병이 다시 도진다. 늙어 오를 수가 없으니 난감하다. 마음 환자가 산을 보고 어머니 뵙듯 옷깃만 여민다.

광교산 2

　　　가끔은 여우에 홀릴 때가 있다. 삿된 꼬임에 빠져 개봉 영화 첫날 〈한산〉을 졸지에 관람을 한다. 영화 관람이 참으로 오래간만이다. 거룩한 민족의 영웅 이야기다. 〈느티나무 언덕 아래〉〈어머니와 사랑방 손님〉 같은 스토리가 있는 옛날 영화를 즐기던 사람이다. 문화인이 아니라 영화 감상이 얼마 만인지 모른다. 영화관 입구 표 사는 기계부터 복잡 현란하여 어리둥절 한다. 학교 운동장에서 포장 치고 하던 가설극장하고는 천양지차다. 더욱 놀라게 하는 것은 광폭 화면과 천둥소리 같은, 배경 음악에 놀라 경기를 하게 한다. 요즈음 영화는 흥행을 위하여 자극적인 화면을 만드나 보다. 그런 영화 속에 광교산 이야기가 몇 번 나온다.

　민족이 겪은 고난의 역사 발자취를 화면을 통해 보여주는데, 후대가 차분하게 감흥을 못하다니 한심하기 짝이 없다. 영화는 이야기 없이 결정적인 순간들 장면으로만 전개를 하여 아둔한 늙은 머리로는 따라가기를 못한다. 장대한 규모로 화면이 구성되어 빛으로 만들어진 광경의 의미를 모르고 이해도 하지 못한다. 젊었을 때는 배우들 연기에 매료되기도 하고 유명 여배우들 이름도 뇌까리며 마음속으로 사모도 했다. 요즈음은 아이돌 가수나 인기 여배우들 얼굴조차 구분 못 하는 수준이다. 은막의 세계 배우들 미모가 얼마나 수려하여 인기 몰이를 했나. 지금은 개성 넘치는 얼굴들이 판을 친다. 화면을 수영장이나 좁은 해안 바다에서 촬영해 만들었단다. 영화 만드는 제작 기술이 대단하다. 세대 차이가 하늘과 땅 차이다.

영화의 줄거리는 모르는 사이 암암리에 흐른다. 한산대첩이 임진왜란 전세를 뒤바꾸어 놓은 빛나는 승리다. 일본 해군이 해전에서 패전을 함으로 선발대로 진격하며, 국토를 마구 짓밟고 못된 행악을 부리던 육군도 광교산 주둔지에서 주춤거린다. 얼마나 통쾌하고 멋진 전과인가? 목줄 같은 바닷길을 끊으니 어찌 안 그렇겠나. 왜군의 기세가 꺾여 오래 광교산에 머무르므로, 명나라 지원병들이 수월하게 올 수가 있었다. 전사에 빛나는 전과다. 나는 역사 공부를 못해 시험에 노량전투, 명량해전, 한산대첩 순서를 몰라 빵점을 맞았다. 손자들에게 물어보니, 지금도 까다롭게 역사 시험에 나오는 문제라고 한다.

영웅의 전술 학익진 전법은 바다에다 성城을 쌓는 전술이다. 적진을 유인하여 포위하고 철갑선 거북선이 깨부수는 작전이다. 역사가 확인한 전법을 지금은 초등학생도 익히 듣고 이해를 하여 민족의 긍지를 살려준 훌륭한 작전이었다. 그러나 영화 화면에는 거북선은 너무 웅장하고 왜선은 초라하여 고증이 맞나 싶었다. 수백 척의 왜선이 수장되고 몇 십 척만 돌아갔다는 유성룡『징비록』속 기록이다. 임금님은 의주로 피신을 가고 명군과 왜군이 싸운다. 개명되지 못한 백성들은 침략자 왜군을 무찌르는 짱꼴라 되놈을 환호한다. 힘없는 나라를 짓밟는 왜놈이나 되놈이나 그놈이 그놈인데도 슬픈 역사를 민초들이 겪었다.

광교산이 임진왜란 때 한동안 거점이 되었다는 걸 영화를 통해서 처음 알았다. 임진왜란은 1500년대이고 병자호란은 1600년대다. '수원시사'는 왜란의 기록은 없어 모르고 김준용 장군이 병자호란 때, 청나라 군

대를 물리친 전승지로 장군의 기록을 세우고 후손들에게 주지시켜 추앙토록 하고 있다. 모든 기록에는 광교산이 용인 광교산으로 기록되어 전해 온다. 현재도 광교산 정상 시루봉은 지적도 상으로는 용인 땅이다. 말로만 깍쟁이 소리를 듣는 수원 사람들은 지역을 감싸주는 주산도 제대로 찾지 못하는 헛똑똑이 같은 느낌이 든다.

광교산은 한남정맥 끝자락이다. 수원은 광교산에 떨어진 물만 먹고 살지, 남의 물을 얻어먹지도 않고 주지도 않는 자립의 땅이라고 수원 토박이들이 고집을 부린다. 세상이 변하여 융통성 없이 부리는 외고집은 자랑거리도 아니고 폐쇄적인 생각이므로 당장 버려야 할 수원의 정신이다. 수원화성 정문의 문호는 팔달문이다. 사통팔달 정신을 강조한다. 우리만 잘먹고 잘 살자는 것이 화성이 강조하는 정신도, 광교산이 품은 뜻도 아니다. 광교산 뒷면은 가파르고 좁아 시쳇말로 덕후가 없지만, 남쪽은 비옥하고 광활하여 수원을 지켜주는 아버지 품으로 손색이 없는 광교산이다.

광교산을 어릴 적부터 먼 거리에서 바라보고 자랐다. 이십 리 밖 남쪽에서 눈만 뜨면 바라다보이던 산이다. 어린아이 작은 키에 앞이 가려 산이 아버지 등만큼 보였다. 6·25 동란 직후에는 광교산도 나처럼 초라했다. 푸른 나무 한 그루 없이 붉은 산이었다. 그래도 봄이면 진달래꽃 피어 먼발치까지 붉게 보였다. 눈 감으면 살포시 보이는 꽃 빛이다. 꽃 빛은 참으로 붉었다. 우리 동네 노인들 말에 광교산이 푸르러지면 전쟁이 난다고 푸른 산을 바라지 않았다. 얼마나 전쟁에 시달렸으면 푸른 산천도 거부를 했을까 싶다. 오늘날 저 푸른 나무들도 연치로 따지면 나보다도 어릴 것이다. 광교산 푸른 나무들도 나처럼 척박한 환경에서 힘겹게 자라나 오늘을 이룬다.

높고 의젓한 광교산도 아팠던 흔적이 여실하다. 전쟁 포탄에 움푹움푹 파인 포탄 자국이 내 가슴에 멍처럼 남아있다. 전쟁 때 산은 우리를 지켜주었다. 김신조 간첩사건 이후 공비들이 산을 타고 종횡무진한다는 첩보로 만들어진 예비군 초소가 아직도 군데군데 있다. 열성 예비군들이 시멘트 블록으로 단단하게 만들어진 초소는 끝까지 광교산을 붙들고 있다. 지금도 광교산이 우리를 지키고 있다. 저 무거운 짐을 벗겨주어 산의 흠집을 말끔하게 지워줄 수가 없을까 고민하게 한다. 평화를 지킬 수 있는 세상은 오늘의 우리가 만들 일이다. 평화로운 줄로만 알았는데 광교산에는 아직도 거북한 아픔이 많이 남아있다.

광교산은 우리의 역사에 순응했다. 포탄이 떨어지면 가슴을 내어주고 적군을 막아주는 고지가 되어 적을 막아주기도 했다. 고지를 빼앗기지 않으려고 산은 버티어 주었다. 피난민들이 초목을 잘라내어 발가벗겨도 순응하고 참았다. 산은 지역민들과 우여곡절을 겪으면서 고난을 이겨냈다. 광교산은 아프면 아프다 하지도 않고 힘들면 힘들다고 하지도 않았다. 산은 언제나 우리와 함께했다. 때문에 산은 우리가 사랑하고 지켜주어야 한다. 그 품에서 문화의 창달을 이루어지면 빛나는 역사다. 그 꿈을 이루려고 새해 첫날 해맞이를 하는 것이다. 산 정상에 올라 매의 눈으로 새벽 세상을 내려다보고 진실한 세상을 만들라는 가르침에 경배를 한다. 그 희망이 이루어질 때까지 산은 영원히 우뚝할 것이다.

미운 여름

　　　여름 날씨가 점잖지가 못하다. 비 안 오는 날이 없이 매일 비가 오다시피 하여 마음이 음전하다. 자주 올 뿐만 아니라 사납게 온다. 천둥에 개 뛰듯 여기저기 물 폭탄 세례를 퍼부어 물바다를 만든다. 가뭄 끝은 있어도 장마 끝은 없다는 옛말처럼 피해가 극심하다. 수해를 입은 수재민들이 곳곳에서 아우성이다. 수원천이 범람한 1925년 을축년 장마를 닮아간다고 늙은이들이 걱정을 한다. 백 년 만이란다. 걷잡을 수 없는 긴 장마로 여름을 잃어버렸다. 일 년 중에 가장 활동적이고 즐거운 시기가 여름인데 그러지를 못해 여름이 밉다.

　　엎친 데 덮친다고 코로나19가 떠나지를 못하고 기승을 부린다. 오미크론 변종 발생으로 습하고 무더운 여름을 지겹도록 입을 틀어막고 산다. 호흡마저 자유롭지 못한 여름이다. 숨 쉬는 권리마저 빼앗는다. 공산주의 본당 소련과 흑토의 나라 우크라이나가 참혹하게 전쟁을 하여 세계 경제가 흔들리는 여름이다. 산유국들은 이때다 싶은지 가격을 올려 물가가 치솟고 경제가 파탄 날 지경이다. 긴긴 장마 속에 번지는 전염병은 그칠 줄 모르고 몹쓸 전쟁은 해결될 기미가 보이지를 않아 하루도 편할 날이 없다. 생각지도 못하던 세상을 만나 죄 없는 여름이 엉엉 운다. 즐거워야 할 여름이 사랑받던 사람한테서 내침을 받은 기분이다.

　　내가 자라던 여름은 궁핍은 했어도 즐거웠다. 봄에 심은 곡식들이 자라나는 시기가 여름이다. 보리 베고 모 심을 때보다 한가로워 갓 시집 온

새댁들이 들뜬 마음으로 친정 나들이를 하는 계절이다. 방학 맞은 아이들은 외갓집이나 친척집을 찾아가 다른 동네 아이들과 친분을 맺는다. 매미 소리가 온 동네를 뒤흔드는 소리는 정겨웠다. 낮에는 냇가에 나가 멱 감고 밤이면 멍석 마당에 누워 은하수별을 헤아리는 정겨운 여름밤이었다. 평화로운 여름은 아쉽게 지나가 버려 이르는 말이 있다. 음력으로 유월은 정신없이 지나간다하여 미끈유월, 어정어정 지나간다 해서 칠월은 어정칠월, 건들건들 어느 결에 지나가는지도 모르게 지나가 버리는 팔월은 건들팔월, 멋들어진 말로 아쉬움이 컸다.

농사를 내팽개치고 이농을 한 사람이다. 마음으로 고향을 그리워하는 향수가 아니라 늘 죄지은 것 같아 가슴에 응어리가 있다. 그 죄를 용서받고 싶어 손바닥만 한 밭에 사발농사를 짓는다. 푸른 봄날 고추 모종 몇 포기를 심었다. 요즈음 농법은 풀이 자라지 못하도록 밭고랑에 검은 비닐을 덮고 고추를 심는다. 잡초가 나면 도 닦는 마음으로 풀을 뽑으려고 했는데 나는 그렇게 하지 않았다. 연일 비가 와 가보지를 못하고 마음뿐이었다. 얼마 만에 가 봤더니 풀 동산이다. 나이가 일흔의 늙은이는 달로 늙고 여든에는 날로 늙는 것처럼 풀은 비 올 때마다 한 마디씩 웃자라 꼴불견이다. 어찌 할 바를 몰라 난감하고 후회스럽기가 이를 데 없다.

밭에 가장 많이 나는 풀이 바랭이다. 줄기가 땅 위로 기어가면서 마디마다 수염뿌리를 내려 뽑기가 어렵다. 발 디딜 틈도 없이 돋아나 지켜볼 정황이 아니다. 쇠뜨기, 소리쟁이, 제비꽃, 달맞이 꽃, 애기똥풀, 풀 세상이 되어 밭고랑인지 두둑인지 구별이 안 간다. 새삼이란 악독한 풀이 있다. 중공군 인해전술 하듯 그물을 만들어 고추나무 목을 조인다. 엉경퀴는 뻣뻣한 줄기에 억세고 날카로운 가시가 돋아 맨손으로는 뽑을 수가 없다. 미인대회에 선발 된 미인처럼 키는 우뚝하다. 어느새 자홍색 꽃이 피어 위세가 당당하다. 풀 속에 묻힌 고춧잎들이 당신은 뭐하는 사람이 냐고 핀잔을 하는 눈빛이 여실하다.

고추에 대한 미안한 마음보다 지나다니며 흉보는 동네사람들 눈초리가 더 무섭게 느껴진다. 체면을 지킬 양심은 아직 쥐꼬리만큼은 남아 있나보다. 때 묻고 해어져 남루한 옷을 입고 고향에 왔을 때도 이런 창피함은 느끼지 못했다. 체면치레는 꾸미는 것이 아니고 진실 된 행동으로 보여주는 것이라는 걸 실감한다. 망연자실 서성일 때다. "그걸 어떻게 뽑아요! 약 뿌려요." 지나가는 소리다. 차분하게 풀을 뽑으면서 몸과 마음을 정리하여 지혜로운 늙은이로 노후를 지키려던 마음이 사라진다. 마지못해 제초제를 뿌린다. 약 묻은 풀들이 죽어간다. 누런 삼베 옷 입고 떠나가야 할 내 모습이 보인다.

정나미가 떨어졌다. 작물도 푸르게 자라나는 기색이 보여야 반겨지고 정이 가는데 쪼그라지고 사그라졌으니 애착이 가지 않는다. 얼마 만에 비 그친 날 그래도 하는 마음에 찾아갔다. "이게 또 뭔 일인가." 탄저병이 번져 고추들이 피부병 걸린 나병 환자처럼 몰골이 흉악하다. 붉은 고추고 애고추고 하나도 남김없이 한쪽 허리가 헐었다. 몸 절반이 마비 된 반신불수가 되어 버렸다. 농사일은 의미 있는 일이다. 의미 있는 일을 잘하려면 재미가 있어야 한다. 재미는 즐거움을 잉태하고 즐거움은 놀라운 성과를 이룬다. 고추하고 놀고 싶었는데 나의 불찰로 슬픈 농사가 되고 말았다.

고추 농사 망쳤다는 소리를 들은 아내가 눈을 동그랗게 뜨고 "그럴 줄 알았다"라며 원망의 소리가 하늘을 찌른다. 나도 손가락으로 하늘을 가리키고 하늘을 원망한다. 원망할 수 있는 자유가 있다는 것이 참으로 다행이다. 아내의 푸념은 이어지고 나의 주먹도 연신 하늘을 찌른다. 나의 잘못을 반성하지 않고 입으로 열 번, 마음으로 열 번, 하늘을 탓하고 허무를 느낀다. 내년에는 푸른 여름이 오겠지만 그런 여름을 다시 붙잡을 수 있을지 모르겠다. 건강이 문제다. 나무를 젖히면 휘었다가 다시 제자리로 돌아오는 것처럼 나의 농사도 다시 돌아왔으면 좋겠는데 그리 될지 모르겠다. 미운 여름이 아쉽다.

안일균

창살을 두드리는 찬바람 속으로
지나온 삶들이 저만치 물러가고 있다
안타까운 시간들도 간간히 묻혀 가고
거리에 쏟아진 젊은 시간들이 길을 잃고 있다
이쯤에서 그만 멈춰서야 할 일들이다

경기 화성 출생. 계간 『문파』 신인상 시 부문 등단. 『한국문인협회』 『문파문학회』 회원. 『동남문학회』 회장. 저서 : 시집 『단단한 뼈』.

문고리

반쯤 삼킨 지하에 들어앉아
지상에 흐르는 소리에 귀를 연다
소리인지 정적인지, 미동조차 없는 벽을
애타게 더듬는 느릿한 촉수

어깨보다 높은 창문을 열고
단절된 문지방을 넘어서야만 할
유일한 수단은 검지 손가락

절벽 같은 단단한 세계가 존재하여
경계는 누구도 허물지 못하는 소유인지라
희망은 바람결에 흩어지는 망상뿐이다

도대체 간절함이란 무엇인가
해독할 수 있는 암호는
문고리

두드림은 그저 세상 밖의 일이다

오래된 선풍기

까맣게 잊고 살아온 날들이 많았다
턱 밑까지 숨이 들어찰 때야 비로소
어둠 속에 갇혀있는 벽장 속을 더듬거린다

돌다, 섰다를 반복하며 바람을 일으켜
광활한 창공을 나는 비상을 꿈꿔보지만
날개 없는 새처럼 날개만 파닥거리고 있는 것이다

우두커니 앉아 거실 한곳을 차지하고
오래된 등나무처럼 꼬이며 엮어간 시간 속에
미미한 세월들은 원점에서 묻히고 있다

한 계절 날개가 일으켰던 바람도
곰처럼 동면하듯 세상과 단절된 공간에선
적막과 함께 동거하는 계륵 같은 더부살이다

욕심은 낡은 것으로부터 오지 않는다
이미 오래된 것에 대한 익숙함으로
세상사는 일에 그저 순응하는 것이다

바리캉

달력을 보지 않아도
한 달에 꼭 한 번은
머리에서 느껴지는 묵직함이 있다

누적된 짐을 내려놓듯
하얗게 물들어 가는
머릿결에 들러붙은 불편한 감각들이
스멀스멀 배어 나오는 것이다

내 스타일을 잘 아는 이발사가
붓끝을 다듬듯 더벅머리를 매만질 때마다
한 웅큼의 잡념들이
눈송이처럼 하얗게 맨바닥에 내려 앉는다

가만히 거울 속을 들여다보니
희끗한 한 남자가 스르르 눈을 감는다

옹이가 박혀있는 낡은 의자는
뒷마당에서 뒤틀리며 삐걱대고

보이지 않아도 보고 들리지 않아도 듣는

바리캉을 든 아버지의 거친 손끝에
시큼한 향기가 코끝을 스친다

까까머리 부끄럽던 어린시절
달아나는 소년을 억지로 훌끈 붙들 때

먼 기억 속의 향기마저 사라져버린
날 선 도시에 해물든 늦은 오후가
아물아물 졸음에 묻힌 중년을 깨운다

선

맨발을 들여놓는 순간
그 안에 꼼짝없이 갇혀 버리고 말았다

점들이 끌고 가는 길 위에
하나씩 채워지는 꼬리들의 집합
불빛은 세상을 혼미해지게 하는 유령들이다

경계를 넘나드는 선에는
어떤 벽도 존재하지 않는다
허물어야 할 벽은 내 안에만 있는 것이다

무게의 중심이 한쪽으로 기울면
금방이라도 사라져 버릴 것 같은 뜨거운 심장
선 위에 붉은 점들을 꾹꾹 찍어 놓으면
흔적은 흔적대로 거기 그렇게 선명히 남는 것이다

점들은 하나의 또 다른 선이 되고
균형점을 따라 입체의 길들이 나타난다

선의 좌표가 필요 없는 공간 속으로

입방체의 늙은 형상들이 꼬리를 물고

지구 밖 궤도를 이탈하여 흩어져 나간다

김영숙

태어난 모든 것들은
사라지기 마련이라고 했듯이
사라지기 전에 화려함을 뽐내는
가을은 지나가는 나의 눈을 현혹시키고
가슴을 빨갛게 물들이며…

『한국문인』 시 등단. 『한국문인협회』 『문파문학회』 『경기시인협회』 『수원시인협회』 회원. 『동남문
학회』 회장 역임. 동남보건대학교 평생교육원 시낭송 지도자과정 수료. 수상 : 제8회 동남문학상.
저서 : 시집 『문득 그립다』, 공저 『1초의 미학』 외 다수.

걷다

꽃이 피어나는 계절
바람을 맞으며 시냇물 소리와
처음으로 밟아보는 낯선 길을
사랑하는 나의 나라*는
목으로 썰매를 끌듯 나를 끌고
있는 힘을 다해 앞으로의 질주다

한참을 가다가 문득 멈춘 썰매
이런….
개가 풀 뜯어 먹는 소리 한다고 하더니 나라가
정말 보도블록 사이에 연한 풀을 뜯어먹고 있다

걷기에 빠진 요즘
목적지 없는 길 위는 신비하다
어지러운 마음이 나를 괴롭힐 때
걸어보자 기대하지 않은 큰 힐링이
나와 마주치게 된다.

_____

* 나라 : 애견 이름.

비워두기

문이 열린다
빈 공간 없이 꽉 채워져
행복의 징표처럼 늘어선 것들
편안함보다는 무언가 답답하고 무겁다
비워두지를 못한 채 계속해서 채워야 열심히
산 것처럼 느껴 쉬지 않고 날갯짓을 했으리라

어느 순간 비워있는 곳을 참지 못하고
평생 그 기다란 다리로 자기보다 큰
짐들을 메고 끌고 다니는 개미 떼처럼
청춘을 길바닥 위에서 보낸 마음은 서글픔이다

비워있는 건 아름답다
비워있는 마음 한가운데로 시원한 바람이 불어오다

이젠

이젠 친해져야 한다
부두에 고독한 가로등하고도
안녕 하고 떠나는 계절의 끝자락하고도
마주하는 고독과 친해지자

밤새 하얀 물을 토해내는 파도하고도 울타리 없는
마음으로 돌아서는 싸늘한 말 한 마디에도
이젠 친해져야 한다

길가 바람 따라 춤을 추는 나무들같이
내 머리 위에 먼지처럼 쌓이는 하얀 머리카락하고도
아침마다 갉아먹는 사과처럼 세월 또한 옆에 앉아
서서히 갉아먹고 있다 이젠 친해져야 한다
시끌벅적 했던 지난날은 한 페이지 속에 간직하고
이젠 조용한 고독하고도 친해져야 한다.
이젠

이 가을엔

이 가을엔
빨간 단풍잎 따라 여행 떠나볼까
파란 구름 타고 바람에 몸을 실어
고추잠자리에게 고향 동무 소식 물어보고
담벼락 햇살에 지친 몸도 쉬어보고
형형색색으로 내려앉은 가을비 따라
여행 한번 떠나볼까
이 가을엔

권명곡

익어가는 인생의 가을 앞에
선물 같은 하루를 감사한 마음으로~

계간 『문파』 시 등단(2007). 『수원문인협회』 『경기시조시인협회』 회원. 『동남문학회』 회장 역임.
수상 : 제12회 전국시조백일장 수상. 저서 : 시집 『달콤한 오후』, 시조집 『성큼 다가온 시간 여행』.

The 머뭄 풀 빌라

풀 빌라 독채에서 마음껏 즐기는 날

대부도 98평 펜션에서 가족 나들이
딸 사위 손자 손녀 조카 언니 우리 부부
대가족 펜션 한 채 옹기종기 모여서
노래방 게임 방 입맛대로 즐기며
마음껏 웃으며 스트레스 날리고
수영장 바베큐장 일이 층 분리 공간
사위들 고기 굽고 손녀들 재잘재잘
마음껏 먹고 마셔 행복 지수 올라가고
소맥의 달근한 맛 살가운 딸들 이야기
깔깔대는 웃음소리 물결 소리 출렁이고

대부도 바닷바람이 함께 놀자 살랑인다

채송화 斷想

화단에 피어 있는 채송화 애처롭다
여리고 작은 몸에 꽃송이 매달고서
뜨거운 여름 지나도
어여쁘게 피워준다

지치고 힘들 때도 널 보면 힘이 난다
욕심을 벗어놓고 가만히 쳐다보면
낮은 곳 꽃방석 깔고
보란 듯이 당당하다

그리워하다

지는 해 그리다가 붉은 단풍 물들고
파란 하늘 그리다가 차디찬 호수 됐네
어머니 그리워하다
하얀 갈대 피었네

엄마 닮아가네

눈 속에 모래 있나
눈알이 침침하다고
쿡쿡 찌른다시던
그때는 무심했다
침침한 지금의 내 눈
아련하다 엄마 생각

거울에 비춰진 나
거기 엄마 모습
화들짝 놀란다
싫던 홍시가 좋고
젓갈이 입맛 당기는
엄마 입맛 내 입맛

김숙경

세상 밖으로
빼꼼히 문 열고 나가고 싶다.
어느새 가을이 지나가는 게 보인다.

공주 출생. 2006년 『한국문인』 수필 부문 신인상 당선. 2020년 계간 『문파』 시 등단. 『수원문인협회』
사무차장 역임. 『경기수필가협회』 사무국장 역임. 『동서문학회』『동남문학회』『문파문학회』. 수상
: 삶의 향기 동서문학상 공모 수필 가작, 제10회 동남문학상(2013), 제15회 경기수필 작품상(2015),
2017수원문학인의상, 2023경기수필 대상 수상. 저서 : 수필집 『엄마의 바다』, 공저 『동그라미에 갇
히다』 외 다수.

도어록

끝끝내 고수할 줄 알았던 현관 열쇠
잠그면 열지 못하는 쉼 없던 당신 손이 힘을 잃어
외출하고 돌아오는 식구들 숨 막히게 한다

한 사람이 한 공간에 이방인처럼 슬며시 잠입한 일
문밖에서 안으로 들어오기 전까지 불통이다

짤랑거리던 열쇠 하나를 벗겼다
도어록에 바코드를 찍는 기분
일방적인 잠금에서 해방이다

문을 열고 어디론가 가려다 다시 그 감옥에 갇히는
제자리걸음 속 당신의 자유
당신을 지키려는 우리는 안전한 그물망을 죄책감 없이 씌운다
익숙함에 불편함을 모르던 열쇠를 미련 없이 내던지는 식구들

손에 익은 그것을 바라보며 또다른 편안함이 짐이 되는 시간들
을 짐작한다
차르륵 감기는 소리를 뒤에 두고 승강기 버튼을 누른다

이별 예감

안으면 한 웅큼도 안 된다. 사람의 품안에 익숙하지 않은 고양이 코코다. 갈색과 하얀색 털이 섞인 흔한 고양이 모습이다. 얼마 전까지는 덩치도 제법 좋았고 나름 위용 있는 듯 보였다. 그런 반면 자기 방어가 심한 고양이다. 어릴 적에 길에서 아이들에게 장난삼아 학대 받은 새끼 고양이였다고 한다. 딸은 키우는 찡찡이가 혼자서 외롭지 않게 동무가 되어줄 친구가 필요한 차에 입양한 듯하다. 아주 작고 가여운 그 애는 코코라 불렸고 사람과 익숙하지 않은 코코는 누군가 다가가면 숨어서 곁을 안 준다. 오래전 입양한 찡찡이와 잘 놀다가도 사람만 보면 소스라치게 놀란다. 유심히 보호하고 관찰했어야 하는데 심기를 건드리지 않는 일만이 그 애를 사랑하고 아끼는 방법으로 여기고 방치한 듯 키운 것 같다. 그렇게 시작된 만남이 거의 십 년째 이제 사람 나이로 치면 칠십이 넘었다. 늙었다는 표현이 맞다. 둘은 활발하게 움직이진 않지만 서로 의지하는 모습이 보인다.

하루 열여섯 시간 잠으로 보낸다니 손이 가는 일은 많지 않다. 예뻐 안아주고 싶은 마음을 코코는 유난히 거부한다. 저들이 아쉬워 찾아오지 않는 한 지긋하게 기다리게 하는 밀당의 고수답다. 코코의 아주 어릴 적 성장 과정을 지켜보진 못했지만 자폐에 가깝다는 이야기는 들어서 알고 있었다. 딸이 지방이나 외국 출장이 잡히는 날이면 아이들 맡는 일은 내 몫이 된다. 승용차로 30~40분 달려 딸네 집에 가야하는 일이 왕왕 있다.

일주일 치의 밥이나 사료를 넉넉하게 주고 온다. 물론 딸이 돌아올 때까지의 반복이고 내가 해야 할 일이다. 둘의 배설물 치우는 일도 만만치는 않다. 어느 날 호주로 장기간 출장을 떠나면서 고양이 둘은 내 차지가 됐다. 손자 대신 봐달라고 안긴 두 마리 고양이는 대조적이다. 개냥이에 가까운 찡찡이와 죽어라 자기만의 방에 갇혀 나오지 않으려는 코코다. 가까이 가면 카악 대며 금방이라도 할퀼 자세다. 제 옆에 근접하는 걸 유난히도 방어하던 코코가 언제인가 부터 야위어 갔다. 원인은 당뇨 때문이었다.

출장에서 돌아온 딸이 제일 먼저 동물병원에 다녀와 진찰을 받아 온 결과다. 동물도 당뇨가 있다는 말에 어이없었다. 사람처럼 바싹 마르기도 한다니 동물도 사람도 병명이나 증상도 같다는 일이 신기했다. 이렇게 가다가는 오래 살진 못할 것 같다고 딸은 그렇게 짐작하고 마음을 쓰는 것 같다. 어느 정도까지만 함께할 수 있다는 일도 담담하게 받아들인다. 그런 코코를 가엾어 안아주려 다가서면 여전히 긴장한다. 예전만큼 공격적이진 않지만 품에 안기 전까지는 날카로운 발톱을 드러낼까 조심스럽다. 한번 안기면 도망칠 생각도 못하는 부서질 것 같은 고양이 한 마리 코코가 숨을 들썩인다. 한숨도 섞여있다. 가만히 안고 있으려니 몇 달 전 돌아가신 엄마가 생각난다. 뼈만 앙상하게 남아 어디 한군데를 만지면 부서지거나 관절이 이탈할 것만 같아 만지기조차 겁나고 두려웠던 기억이다. 뼈만 남아있는 작고 가여운 코코를 안고 보니 엄마를 보는 것 같아 눈물이 난다.

딸이 데려오기 전의 학대가 아직도 트라우마로 남아 있는지 만지면 움찔대며 몸을 부르르 떤다. 십 년이 넘는 기억을 아직도 악몽처럼 기억하는 것 같다. 품에 쏙 안겨 있는 코코의 등뼈가 우툴두툴하다. 제대로 쓰다듬어 주지 못하는 일도 안쓰럽다. 뒤늦게 다가서는 내 사랑이 늦었지만 아직 남아 있다면 그 애랑 눈 맞추며 "사랑해"라며 두려움을 없애주고 싶다. 요즘 자주 그 소리를 아낌없이 말해 준다. 그런 이유일까 간격이 조금씩 줄어든다. 경계의 눈빛이 절반은 사라졌다. 늙어 힘이 없고 아파서 울음소리마저 작아졌지만 이름을 부르는 소리에 눈을 맞추며 꼬리를 살짝 흔들어 반응해준다. 더는 나빠지지 않기를, 조금만 더 함께하기를 바라본다. 형인 듯 기대는 찡찡이와 외롭지 않게 살아가기를 소망한다. 아침에 일어나면 주방으로 나와 아침 인사하는 듯 눈 맞추는 두 녀석들을 내 손자인 듯 사랑하는 이런 풍경과 오래 함께하고 싶다.

전옥수

내 안에 남아있는 상흔들은
휜하게 뚫린 신 터널을 질주하지 못하고
멀미 짙었던 굴곡진 길에 꾸역꾸역 들어서곤 한다
익숙해질 만한 세월이지만
늘 기억의 편집증에 갇혀 헤어나지 못하고 덜거덕거린다.

계간 『문파』 시 부문 등단(2008). 계간 『문파』 편집위원. 『수원문인협회』 『경기한국수필가협회』
회원. 『동남문학회』 고문, 『문파문학회』 사무차장 . 수상 : 동남문학상, 호미문학대전 수필 공모, 경
기수필 공모 수상. 저서 : 시집 『나에게 그는』 외, 공저 『동그라미에 갇히다』 『내 안에서만 그림이
되는 그림』 외. E-mail : ohksu1003@naver.com

경우의 수

식탁으로 옮겨온 카타르 도하가

경우의 수를 토해낸다

검게 그을린 선수들

오전 경기를 끝내고 작전 타임 중

돌솥밥 뚜껑 열리자

필드 위에 흘린 땀과 열기가

구수하게 일어선다

붉은 함성을 가슴에 안은

무궁무진한 경우의 수들이

경험과 예측으로 난무하는 동안

청국장 된장찌개 순두부가

각자의 포지션에서 바글바글 끓어오르고

턱밑까지 달려온 승리의 허기가

16강 8강 4강을 질주하는

흙빛 가장들의 식탁 결의가

칼리파 스타디움을 가득 채운다

그녀의 향기

어깨를 덮은 노란 별 무리
그 뜨락엔 늘 사람이 붐볐다
은은한 프리지어 향기에
시샘하던 세월의 흔적들
고요하던 수면 위로
세찬 빗방울 사정없이 흔든다
Re
New
All
잠깐의 숨 고르기

눈물의 기도가 동봉된 날갯짓
꽃 빛 선명해지더니
짙어진 향기 황홀 지경이다

함바 식당

젓가락 부딪는 사이로
질겅질겅 씹히다 뱉어지는 사연들
국적을 알 수 없는 고단한 허기가
먼지처럼 메뉴판에 내리고
헐거워진 시곗바늘은 고지를 치닫는다
1등급 그린을 동그랗게 부여받은
호주산 소와 칠레산 돼지가
메케한 연기 뿜으며 환풍기 속으로 빨려들자
노르웨이산 고등어가 석쇠 위에서 몸을 뒤튼다

가슴으로 내려온 고향 하늘은
공사 중인 아파트의 키가 높아질수록
달팽이관을 돌며 혼돈의 언어로 왁자지껄하다
물기 어린 이륙은 그리움의 날개 달고
믹스커피 한 모금 삼키며
탑승구 앞에 서성이고 있다

노래 도둑

잠 오는 눈 비벼 가며 기다렸던 성탄 전야의 새벽 송이 그리워지는 겨울밤이다. 어머니는 교회를 다니지 않으셨지만 해마다 성탄 전야에는 대문을 활짝 열어두고 계셨다. 성탄을 축하하는 새벽 찬양이 우리 집 대문 앞에서 울려 퍼지면 달려 나가 미리 준비해둔 사탕과 빵이 담긴 선물 보따리를 찬양단원들에게 안겨주며 고맙다는 인사와 성탄을 함께 기뻐해 주곤 했다. 내 기독교 신앙의 출발이 그 시절 어머니의 새벽 송 기다림과 기쁨에서 시작되지 않았나 싶다.

성탄절이 기다려지는 계절이다. 만날 때마다 크리스마스 선물 타령인 앙증맞은 손녀의 요구가 싫지 않은 영락없는 고슴도치 할머니다. 손녀에게 동화를 읽어주다가 우리가 알고 있던 도둑의 편견을 깨는 예쁜 도둑을 동화 속에서 만난다. 남의 집 담을 넘은 도둑은 그 집 주인에게 노래를 불러달라며 막무가내 노래를 도둑질하러 다닌다. 도둑을 만난 피해자들은 처음에는 놀라다가, 어리둥절하다가, 점점 미소 짓다가, 통쾌하게 박수 치는 것도 모자라 함께 노래를 부르는 기이한 모습까지 연출한다. 색바랜 동화 속에서 만난 노래 도둑 이야기를 손녀에게 읽어주며 최근 여러 사건 사고들로 혼미해진 세상이 희석되듯 따스하고 행복해지는 이야기 속에 머물게 된다.

도둑은 나쁜 사람이라는 일률적 사고에서 벗어나 전혀 예상치 못한 노래가 이 동화 속에 등장한 도둑이 가져가는 장물이 된 것이다. 이 이야기는 순수 그 자체로 존재하며 읽는 이로 하여금 행복한 미소를 머금게한다. 한 집, 두 집 다니며 노래를 훔치며 점점 도둑이라는 비호감이 호감으로 변화되고 있다는 것이 이 동화의 매력이다. 아마 작가는 아름다운 세상을 꿈꾸며 노래라는 매체를 통해 그 아름다움을 확대 재생산시키려 했던 것 같다. 노래를 도둑질한다는 반어적인 내용으로 독자를 유인하며 의아해하는 아이들의 동그래진 눈을 상상하게 하기에 충분했다. 동화의 후반부에 가서 동네 사람들은 눈이 빠지게 도둑님을 기다리는 팬덤까지 형성되는 상황에 이른다.

그날 밤도 동네 세탁소에서는 도둑을 기다리고 있었다. 결국에는 노래 도둑은 도둑놈이 아닌 도둑님으로 존칭되어 세탁소에 등장한다. 이쯤에서 많은 동네 가게 중에 하필이면 세탁소를 등장시켰을까를 생각하게되었다. 세탁소가 하는 일은 온갖 더러워진 옷의 이물질을 제거하여 깨끗한 옷으로 변화시키는 곳이다. 도둑이라는 검은 이미지를 환골탈태 시키고자 세탁소를 등장시킨 작가의 의도였다면 이 얼마나 깊은 설정이며 아름다운 광경인가. 도둑놈이 도둑님이 되게 하는 능력을 지닌 작가의 순수와 천재성에 박수를 보낸다.

언어는 달라도 노래로 하나가 될 수 있다. 한류를 통하여 특히 우리나라를 대표하는 BTS란 아이돌 그룹이 그것을 증명해주고 있다. 도둑이라는 어두운 단어가 이렇듯 귀한 대접을 받을 수 있다는 것이 결국 노래를 통한 소통과 공감이었다. 최근에 인생은 아름다워라는 뮤지컬 영화를 친구들과 함께 감상했다. 한 소절 한 소절 지난 노래들이 등장할 때마다 우리는 약속이라도 한 듯 눈물 바람을 피웠다. 각자의 환경과 처지는 달랐

어도 그 시절의 노래와 대면하며 지나온 시간들을 추억하고 누구랄 것도 없이 같은 마음이 되어 노래로 우리는 소통할 수 있었다

예쁘지 않은 꽃이 없고 예쁘지 않은 어린이가 없다. 아이들의 손에 들려진 동화를 통해 어른들이 만들어 놓은 검은 그림자가 교화되고 암울한 세상이 깨끗하게 세탁되길 기대해본다. 아이 눈에 비추어진 어둠의 세상이 작가의 손에 들리어 이렇듯 아름다운 세상이 만들어져가듯 문학의 길에 한 발 얹은 문학도로서 책임이 막중함을 생각한다. 책장에 꽂혀 책갈피를 따뜻하게 데우고 있던 오래된 동화 속 노래 도둑 이야기를 손녀와 나누며 이 땅의 어린이들이 맘껏 꿈을 펼칠 수 있는 세상, 깨끗하고 밝은 사회를 만들어가는 일이 우리로부터 아니 나로부터 시작되어야 하는 일임을 상기한다. 요즘 들어 부쩍 책을 읽어 달라며 무릎에 와 앉는 손녀를 품에 안으며 두 팔에 남다른 힘이 들어간다.

허 정 예

계절의 색깔은 뚜렷한데 세월이 갈수록
사랑은 시의 언저리에 맴돌고 쓸쓸한 가을날에
시의 한 줄로 시름을 달래본다.

강원도 홍천 출생. 계간 『문파』 등단. 『한국문인협회』『수원문인협회』『동남문학회』 회원. 『문학아
카데미』 회장. 『경기시인협회』 이사. 수상 : 동남문학상, 시인마을 문학상, 경기시인상 수상. 저서 :
시집 『시의 온도』.

가을 숨소리

푸른 생애 다 흘리고
가을이 짧아진 길에
흐느끼며 떨어지는 나뭇잎

약속된 계절에
마지막 숨죽이며 융단 깔아
가슴을 풀어주는 생의 절정

어지러이 흩어진 잎들은
초췌한 몸뚱이 되어
환생을 기다린다

가지 끝 떨며 매달린 숨소리
내려앉은 가로수 길에
비둘기 한 마리 구슬프다

세파에 시린 무덤에 새긴 언약
화려한 봄날 꿈꾸며
열반으로 마음 모은다

창작의 씨앗

시는 그런 거야!

한 행만
눈에 넣어도 가슴이 시원해지는
오늘 그대의 시 읽다가
샤워한 듯

별똥별 반짝이며 떨어지는 짜릿함
깊은 숲속에서 퍼 올리는
옹달샘처럼

가슴에 절여지는 언어의 울림
붉은 깃털 가르며
무지개 펼친 은유의 향기

그대 이름은
그대 이름은
시어를 길어 올리는
뮤즈의 여신이여!

겨울의 길목

먼 산부터
이별을 준비하며 내려온다
붉은 눈물 흘리며
뒹굴고 있는 숨 떨어진 낙엽

곡식들 한 줄씩 뽑혀
이 빠진 들판, 가을이 저문다

들녘엔 삼색의 채색들이
지나온 삶 어지러이 구르고
잎 떨어트린 나무마다
생의 끝 맞고 있다

알알이 거둔 가을볕 두렁
어디선가 가늘게 울어대던
귀뚜라미 사라지고

추수한 들판에
입동을 재촉하는 첫 서릿발
겨울이 끌려온다

신발

신발들이
제멋대로 널브러져 있다
마른 땅을 걸었는지 진 땅을 다녔는지
엎치락뒤치락 현관이 가득하다.
식구보다 배가 넘는 신발들
마음도 풍성해진다.
식구들의 안녕을 비는 갸륵한.
희생의 동반자
운동화는 어느 산을 헤맸는지?
풀잎이 올라타 놀고 있다
주일 예배 가던 신발도
구석진 곳에서 코로나 원망인 듯
예쁜 샌들 바깥세상 못 보고
신발장 안에는 해묵은 신발 가득하다
가지런히 놓다 보니,
수집한 아기 신발
혼자서 별을 쓸어 담는다

유 정

그리운 것들이 자꾸만 늘어 간다
모서리가 닳아 헐거워지고 있는 중이다
비어 있는 곳에 '보고 싶다'로 채운다

본명 박경옥. 계간 『문파』 등단(2008). 『한국문인협회』 『경기시인협회』 『한국가톨릭문인회』 『수원
문인협회』 『동남문학회』 회원. 『동남문학회』 회장 역임. 계간 『문파』 편집위원. 수상 : 동남문학상
수상. 저서 : 수필집 『발자국마다 봄』, 공저 『1초의 미학』 외 다수.

작약꽃 앞에서

성호를 긋지 않고 밥을 먹는다

밥을 먹다가 문득

사랑과 사랑과 사랑의 이름으로 아멘이라고

입 속으로 긋는다 입 안에 그어진 성호가

목울대를 넘어가다 탁 걸린다 밥알이 튄다

사랑이란 것이 본디 소리 내어 부른다고 오는 것이

아니어서 밥을 먹는 것처럼 쉽게 넘어가는 것이 아니어서

누군가를 그리워하는 것은 기도를 깜빡 잊고 밥을 먹듯

습관처럼 눈물이 튀어 나와 목이 멜 때가 있는 것이다

식탁 위 화병에서 함박 웃는 꽃송이처럼

지금 그 집 마당엔 오월 작약이 한창이겠다 싶어

애지중지 아끼시던 함박꽃이 그 저녁 혼자 쓸쓸하겠다 싶어

기도하듯 저 세상 저녁의 이름을 숟가락에 밥을 얹으며 불러본다

사랑해요라고 한 번도 해보지 못한 말이 잎 속에서 빨갛게 피어난다

젖은 바람이 가슴 모서리를 향해 툭툭 대답처럼 치고 간다

허공에 핀 문장

보이지 않는 길에 쓴 저 막막한 언어 좀 보세요

깨진 토분 속 한 줌 흙을 껴안고 쏘옥 얼굴 내민,

창틈 사이 비집고 들어 온 빛살 붙잡고 올라 온 이름

비밀처럼 통통 살이 오르는 이 누굴까요

흰 목덜미에 내려 온 삼단 같은 머리 감아 올리며

해 든 창가에 몸단장 하고 허공을 더듬고 오르는 저 용기는

모태로부터 물려받은 간절한 DNA

휘파람처럼 여운을 남기며 사라지지 않죠

어느 별을 휘돌아 나왔을까요 저 연약한 사유는

후미진 어느 골목길 담벼락을 지나 고층 빌딩 발코니까지

휘어지는 바람을 당기고 밀어 먼 길 돌아 당도한 집

주저앉아 울음을 터트리고 싶을 때가 왜 없었을까요

반짝였다 사라지고 다시 어렴풋 돋아나는 언어를 다듬는 인내

앗, 이제 보니 달아오른 봉오리마다 천사의 나팔을 달았어요

아침에 돋아나 저녁에 떠나는, 흩어져 없어질 문장

저것 좀 보세요

아침마다 허공 밖으로 밀어 올리는 다홍빛 치맛자락

나팔꽃의 빛나는 사유思惟

11월의 연가

달력 속에 나무가 서 있다 적막하고 붉게
발밑에 부려 놓은 마른 상처들은 사랑의 통증이었을까
누군가를 얼마나 그리워했으면 그 무게를 견디지 못하고
수북수북 울음처럼 떨구어 내는 걸까
몸을 비우고 물끄러미 서 있는 저 중심, 단단한 노래다

일 년의 반은 새 잎을 피우고 반은 붉게 타올라야 하는
그가 걸어 온 길은 목이 메지 않았을까 발등은 부르트고
가슴이 에이어도 사랑하는 일에만 온 생을 걸었던 묵언
새들이 왔다 간 자리마다 검버섯이 피고 그 안에 고인 간절한 기도
단단하다고 외롭지 않은 건 아니다 떠나는 것들의 안부는 늘
추억처럼 쓸쓸하니까

달력 속에서 어둑어둑한 그리움이 지고 있다 울컥하게
내일이면 뜯겨져 나갈 노래

콩밭 짓거리

오래전의 기억이 어느 날 문득 찾아올 때가 있다. 맛과 향기에서 오는 흔적이나 특정한 기억의 체취가 울컥 그리움을 불러온다. 봄날 숲길을 걸을 때 나무 향을 품은 푸른 깃털 같은 바람이 훅 불어오면 잊었던 사람의 숨결이 생각난다. 한여름 갑자기 쏟아진 소나기에도 외갓집 툇마루에 걸터앉아 옥수수를 함께 먹으며 빗줄기를 세던 어린 날의 그 애 눈웃음도 뜬금없이 살랑살랑 떠오르기도 한다. 기억이란 그렇게 무심히 지나쳤던 어떤 풍경 속에 햇볕처럼 이슬처럼 왔다가는 것을 붙잡는 것인가 보다.

세 자매가 언니 집에 모였다. 비빔밥을 먹기 위해 열무를 씻다가 문득 동생이 어릴 때 먹었던 콩밭 짓거리가 생각난다고 했다. 정말 오랜만에 들어보는 정겨운 이름이다. '짓거리'는 전라도 방언인 '김칫거리'를 말한다. 그러니까 '콩밭 짓거리'는 콩밭 고랑 사이에 심은 김칫거리다. 우리는 열무를 씻다 말고 고즈넉한 유년의 뜰에서 불어오는 달큰한 기억들을 한 장씩 꺼내 식탁 위에 펼쳤다. 엄마와 함께 그 여름날의 이야기들이 바득하게 끓인 된장찌개처럼 보글거렸다.

우리 집은 도심에 있어 채소류는 모두 시장에서 사다 먹었는데, 근교에서 밭농사를 짓는 아주머니들이 적정 시기에 수확한 푸성귀들을 머리에 이고 종종 팔러 오기도 했다. 집에 단골로 오시는 백두개 아주머니가 그중 한 분이다. 도심 근처 백두개라는 곳에서 사신다고 백두개 아주머니 또는 콩밭 짓거리 아주머니라고 불렀다. 문 앞에서 '콩밭 짓거리 왔는디…' 말끝을 흐리며 쭈뼛쭈뼛 서 계시던 키가 큰 아주머니 모습이 눈에 선하다.

아주머니가 채소를 팔러 오실 때마다 엄마는 우리가 먹던 밥상에 숟가락 하나를 더 얹으면서 얼른 들어와 밥 먹고 가라고 손을 잡아 앉히곤 했다. 그럴 때면 아주머니는 우리 사이에 끼어 앉아 밥 한 그릇을 뚝딱 비우고, 머리에 쓴 수건을 풀어 이마에 맺힌 고단함을 쓱쓱 닦았다. 아침 일찍, 팔아야 할 채소를 이고 이곳저곳 다니다 보면 끼니 때울 시간도 없었을 거라며 매번 아주머니의 시장기를 채워주시던 엄마의 모습이 어린 마음에도 꽃처럼 고와 보였다. 그땐 모두들 생계를 위해 허리끈을 졸라 매던 시절이었다.

엄마는 꼭 백두개 아주머니가 가져오는 콩밭 짓거리만 사셨다. 아주머니는 오실 때마다 시부모 모시고 홀로 밭농사 지으면서 자식들 키우는 애로를 한탄처럼 풀어 놨다. 봄 햇살 나긋나긋해질 때쯤부터 여린 상추나 머위를 가지고 나타나셨던 백두개 아주머니, 지금도 콩밭 짓거리와 함께 흑백영화의 한 장면처럼 떠오른다.

열무 씨를 열무밭에 뿌리지 않고 왜 콩밭 고랑에 뿌렸는지 그땐 몰랐다. 다만 그곳에서 자란 열무가 연하고 맛있다는 것만 엄마에게 들었던 것으로 기억한다. 너무 연해서 씻을 때도 살살 씻어야만 했는데 이파리에 벌레가 먹은 흔적으로 구멍도 숭숭했다. 콩밭에는 농약을 칠 수 없으니 자라면서 벌레들의 밥도 되었을 김칫거리였다. 이제 와 생각해보니 왜 콩밭에서 자란 김칫거리가 맛있었는지 조금은 알 것 같기도 하다.

'짓거리'는 좋지 않은 행동을 했을 때 쓰는 말이기도 해서 콩밭 짓거리에 '짓거리'만 따로 떼어 쓴다면 마치 무슨 짓을 한 것 같다는 어감을 준다. 뻐꾸기의 탁란으로 비유하면 너무 심한 비약인가 싶지만 남의 밭에서 자라는 건 확실하니까 무슨 짓거리를 한 건 맞는 것 같다. 다만 기생주의 새끼를 둥우리 밖으로 밀어내고 그 둥우리를 독점하는 뻐꾸기 새끼의 비정함과는 다르게 콩밭 고랑에 뿌려진 푸성귀들의 씨앗은 콩이 나눠 준 양분을 먹고 콩과 함께 더불어 자라는 좋은 짓거리인 셈이다.

고랑 사이에서 콩잎이 내어준 그늘을 먹고 콩 덩굴의 풍성한 젖꼭지를 빨면서 자란 남의 새끼들인 열무는 그래서 더 푸르고 연한 속살을 가진 게 아닐까. 한여름 콩의 등뼈를 타고 오르는 땡볕의 마른 한숨도 읽어내고 밤이면 눈물 글썽거리는 벌레들의 내력도 이파리 사이로 빗소리처럼 들었을 터이니 고랑 사이 짓거리들의 연한 잎새가 숭숭 구멍이 뚫릴 수밖에 없었겠다.

콩밭 사이 쑥쑥 자란 콩밭 짓거리 한 줌 뽑아다가 숭덩숭덩 손으로 잘라 강된장에 매운 고추장 한 숟갈 넣고 밥을 비비면 한여름 뙤약볕 한 조각 혀끝으로 붉어 땀방울 코끝에 송송 맺히고, 양푼 속으로 순하고 연한 숟가락 별 다섯 개가 챙챙챙 숨 가쁘게 떴던 여름날이었다. 콩의 달착지근한 맛을 베어 물고 벌레들 울음소리 나눠가지며 밥을 주고 밥이 된 그들만의 사랑 짓, 콩밭 짓거리가 먹고 싶다. 없는 살림에도 누군가의 도움이 필요하다면 기꺼이 손 내어주던 엄마의 정 깊은 마음씨도 어쩌면 콩밭과 닿아 있는 사랑 짓이었는지도 모르겠다. 엄마도 콩밭 짓거리도 그리운 저녁이다.

양미자

농부들의 손길이 800여 회 이상 닿아야
쌀을 얻을 수 있다고 하네.
나는 얼마나 많은 사유를 해야 시 한 작품을 얻을 수 있을까?
빈 들판에 서서 싯귀의 끄나풀을 잡아보려 애를 쓰는 늦가을의 오후.

충남 논산 출생. 2006년 『문학시대』 시 부문 신인상 등단. 아주대학교 대학원 교육학 석사 졸업.
대명중학교 교사 역임. 수상 : 제10회 동남문학상 수상. 현 『동남문학회』 회원, 『충남펜문인협회』
회원.

자반고등어 한 손

건넛마을 조씨 할배

젊은 시절 사장님 되어

예쁜 여인 소실로 들이는 호사를 누리다가

병들어 손 떨리자 본가로 들어와

속병으로 아랫목에 누운 할매 등을 안고 누웠다

할매가 차려준 개다리소반 위 고등어 조림

바닥에 깐 무까지

싹 발라먹은 식은 냄비

소슬바람 한 자락에

기우뚱 신음소리 흔들거리고

툭 짤린 산허리에 붉은 노을 잠기는 저녁이면

조씨 할배 괜한 헛기침으로

아직 사장 흉내 펼쳐보는

인생 노을이다

소금밭에서

염부의 굽은 등으로 구월의 오후 햇살 하얗게 쏟아져 내리고
딸은 고무래질에 여념 없는 어머니의 고집을 이긴 적 없다

갇힌 바닷물,
지난날의 푸른 자유 아프게 덜어내
소금꽃 피우고 제 몸 말리면
세팅 직전의 보석처럼
하얀 육면체로 반짝이는 소금알 맺히곤 했다
저 반짝이는 알갱이들은
어머니 평생의 자존이었다

개구멍받이 어린 그녀
소금 창고 멍석 귀 빌려 잠재우고
설움과 운명 밀쳐내듯
소금 고무래 더 힘껏 미셨던 어머니

바람난 남편을 끝내 용서 못 하고
친정으로 달려 온 그녀,
어린아이 되어 소금밭 귀퉁이에 쪼그리고 앉아

하릴없이 소금 한 웅큼 쥐어 소르르 뿌려본다

떨어져 흩어지며

하얗게 피는 울음꽃,

사물이 눈에 보이는 것보다 가까이 있음

닷새 전
그녀는 몸도 마음도 입도 닫은 채 토라졌다
식탁에 정성을 쏟던 지난날의 정성
다 내던지고 태연자약 딴전을 핀다

거울 앞에서 화장품을 펴 바르던 아침
미안하다며 집밥을 먹고 싶다는 쪽지를 읽고
그녀의 손이 분주하다

그래 그랬던 거다
뾰루뚱했던 서너 날 동안
눈에 멀리 보이던 무표정의 그 얼굴
보다 성큼 다가와 있었던
그 사내의 속마음

가장 친숙한 이름

눈물의 씨앗 펼치고 나온 자리

하얗게 아물어

아린 쪽을 향하여 창을 내니

양수 속에 스며든 가장 친숙한 이름

아직 귓가에 떠 있음은

내 몸 불어나 당신 품이 비좁아져

먼 길 돌아 곧은 나무에 몸을 기대었으되,

가시바람 스치면

행여, 여린 잎 생채기 날까

숨죽인 기도 속에 젖 냄새 묻은 바람

여전히 거기 머무는 것은

씨앗이 씨앗을 내고 꽃을 피우는 동안

세월이 갉아먹은 빈 껍질, 석양 빛에 업힌 채

내 온몸 감싸 안는 그 깊은 눈빛

애달픈 살이 묻어나는 것은

검은 숯마저 태워주신 당신 사랑,

그 때문입니다

장선희

어둠을 찬양하던 지난날들
내 시의 주 소재에는 어둠과 연관된 부분이 많다
그래서일까 여전히 어둠의 소재는
애써 찾지 않은 숨어 있는 빛을 불러내어
새로운 관觀을 만들어 준다

충남 예산 출생.

저녁 그 즈음

낮 동안 펼쳐진 빛이 서서히 모여드는 아슴푸레한 시간
오늘이 분해되고 과거로 지나가는 동안
가끔 흙먼지를 일으키며 내 앞을 지나치며 쌓인
한 줌의 먼지는
바람에 휘날리지 않고 멈춰 선 과거

오래된 타자기 자판기 소리같이
언제나 힘찬 이력으로 바닥에 누워
주변의 소리를 모으는 저녁은
수저 소리처럼 아늑하다

납빛의 초저녁 하늘,
더러움이 씻겨 나간 공기 층, 그 아래로
어기차게 뻗은 측백나무 가지는
은빛 뼈대를 드러내며 저녁 옷을 입었다

밤과 저녁 사이, 밤과 새벽 사이를 구별하는 건
나에게 다가오는 형체를 알아보는 순간이다

점점 두꺼워져 가는 저녁
어둠의 반은 빛이요, 반은 저녁 그 즈음이다

엄마의 흰머리

고통은 계량되지 않아서 비교할 수 없으나 분명
하나의 선 위에 찍힌 점들이 만들어 낸 한 사람의 고유 좌표다

1센티미터도 채 자라지 않은 흰머리를
뒤돌아 앉아 족집게로 솎아내던 엄마의 뒷모습
큰 바위를 닮았던 그 뒷모습은 그늘을 숨기고
눈 속에 고였던 서글픔도 감추고
하얗게 변해 버린 시간을 뽑아내고 있었다

파마기 빠진 힘없는 검은 머리카락
대소사 일로 의미를 곱씹기에 늘 바빴던 나날들
상흔을 몸속으로 새긴 감나무의 나이테처럼
세월이 종이배처럼 흘러가도록 내버려 둔 시간은
언제부턴가 백색의 해오라비난 꽃처럼
뿌리부터 흰, 투명해진 생명줄로 맞서 있었다

문득
꿈에서 깨어나 더듬어본 지난 여정은
오랫동안 없어졌다 다시 뒤집어 쓴 망각처럼

보이지 않아도 보고 들리지 않아도 듣는

엄마의 삶 한 축이었으리라

그 고통은 분명 반비례이었을 것이다

원경상

내가 숨 쉴 때 다시 한번 받고 싶은 상
엄마의 밥상
낙엽에 실어 그리운 엄마께 편지를 써 봅니다.

경기도 과천 출생. 계간 『문파』 신인상 시 부문 등단. 『동남문학회』 회장 역임. 『동남문학회』 『문파
문학회』 『수원문인협회』 회원. 저서 : 시집 『달빛 체온』 『언어의 그림』, 공저 『풍경 같은 사람』 『1초
의 미학』 『문파 대표 시선』 외 다수. E mail: wonks211@naver.com

항아리 가족

햇볕 마실 나와 놀다 간 육간 대청
한옥 뒤꼍 장독대 대를 이어 비우고
채우며 사는 항아리

날씨 따라 뚜껑을 열고 닫고 행주 빨아
닦아주고 속 미우면 채워 준 덕분에
항상 배가 불렀다

된장 간장 고추장 소금 항아리 처음
시집 오던 날 붙여진 이름 낙엽이 질
때마다 장독대 귀신 되었다

빗자루 시인

하루의 시작은 아침이었다
비구름 바람 왔다간 점심 지나
초록이 익어 떨어진 저녁

서산마루 뉘엿뉘엿 해는 지는데
온몸이 닳고 닳은 싸리 빗자루같이
낙엽이 낙엽을 쓴다

가을 입은 거리마다 옷을 벗긴다

엄마의 밥상

하루 삼시 세끼 상다리 휘도록
접시 위에 수북수북 올라앉은
산과 들 바다

다시는 받지 못할 엄마의 밥상
그때는 그 상이 이리 큰 줄
몰랐습니다

숨 쉴 때 다시 한번 받고 싶은 상
흑백 세월 바라보니 흐르는 쌍 우물
마를 날 없다

그루터기

봄 여름 가을 울창했던 우듬지는
어디 가고 발목 잘려 땅에 묻힌
뿌리만 남아 있는가

수많은 나뭇가지 기르실 적에
이파리는 뿌리줄기 먹고 크는
줄 몰랐습니다

겨울 잠자고 일어나 나뭇가지
길러보니 우듬지 가슴에 대못 박던
시절이 생각나서

고향에 돌아오니 우듬지는 어디 가고
물에 비친 그루터기 우듬지 생각에
한참을 울었습니다

김경미

모든 잎이 사위어가고 잡초들마저 고개를 떨구고
앞뜰 감나무 마지막 잎새가 지던 날
데크 아래 작은 단추 같은 노란 동국의 햇살등을 보았네
그 햇살등을 들고 시심을 밝혀보고 싶어라

전남 화순 출생. 『동남문학회』 회원.

행위예술가

토요일 오후만 되면 예술가가 되는 남자
진료와 염불과 선 수행 중인 일상을 저만치 밀어놓고
강아지 2마리
아이들 손잡고 여행가듯
뒷자리에 태우고 붕붕 달려간 곳
대술면 궐곡리 주말 주택

그의 손에 들려진 초록색 페인트통
붓을 꺼내들고 웃통 벗고서 신발도 벗어던지고
페인트 바닥에 뚝뚝 떨어뜨리면서
난간부터 쓱쓱 붓질을 해댄다
그러다 저만큼 뒤로 물러서서 색상을 음미하며 다급하게
김 실장을 불러댄다
환상적인 색감이 나왔다고 여기저기 칠할 곳이 많으니 도와달라고
김 실장은 몸살에 몸이 아프다고 손사래를 친다

일요일 오후 집으로 돌아오는 길
등과 어깨가 벌겋게 달아올라 뜨겁고 가렵고
손과 발등은 페인트 범벅이 되었다

혼자서 불편한 몸으로 페인팅을 했다는 여운을 즐기며
나의 살던 고향을 흥얼거리며 웃음을 섞어서 박자를 맞춘다

월요일 낮 동안 틈틈이 집을 통째로 바꿀 색상을 궁리하면서
벽에는 스텐실 문양 찍기를 위해 컴퓨터와 입씨름을 벌이고
집에 돌아와 양말을 벗다가 행위예술로 남은
초록색 페인트 범벅이 된 발등을 찍어 김 실장에게
아이들에게 퍼 나르며 다음 토요일을 기다리는 이 남자

날개

이태원참사 일주일째 국민들이 한숨지으며 고개를 떨구고 있다
내게 배달되어 온 날개 눈에 보이지 않는다 손에 잡히지도 않는다
더더욱 냄새도 없다 오감과 육감을 총동원하여 찾아내야 한다
일주일 내로
팬시리 스마트폰을 만지작거린다
귓가로 날아든 소리 날개여 날개여 날개여
교수님 얼굴이 뱅뱅뱅 맴돈다

축 처진 어깨
어둑어둑해진 퇴근 시간
어둠이 신혼타운 신축 아파트 공사장 한가운데로
길을 내고 있다
그 길을 비추는 빛
문득 고개 들어보니 반쪽의 상현달
신인상의 날개가 그 반쪽의 달 위에서
웃고 있다

패키지 여행상품

인기 상품이었던 2박3일 패키지 여행상품은
판매 중단되었답니다
모든 상품은 하루 이상 기다려야 하고
1박2일 상품만 구매 가능하답니다
그마저도 끼워 팔기 옵션을 떠안아야 한답니다
예식은 30분 내에 마쳐야 하고
가마에 들어가는 레일은 해 질 녘에야 올라 갈 수 있답니다
먼 곳까지 투기꾼들이 눈독을 들이고 있는지도 모르겠습니다
그나마 위안인 것은 고운 단풍나무 아래 그곳으로 가는 길이
개통되어 초저녁에 도착하셨답니다

7번째 항암 후 코로나에 접속해버려
서둘러 그 길에 들어선 우리 큰고모

햇살

앞마당 수문장 감나무 마지막 잎새가 지던 날
톱니달린 환삼덩굴이 감나무 가지 위에서 말라 비틀어지고
묵정밭에 우거지는 망초마저 서리에 맥없이 고개를 푹 떨구었다
바람에 낙엽들이 우르르 몰려다니고
강아지 한 마리 구르는 낙엽을 쫓느라 이리저리 뛰어다니고 있다

데크에 달린 풍경 소리에 이끌려 나와 가을걷이 끝난 수수 밭을 내려다 본다
찬바람에 옷깃을 여미며 돌아서는데 데크 아래
노란 단추 햇살등이 하나둘씩 켜지고 있었다
아랫집 붉은 국화마저 찬 서리에 무너져 내리고 있는데
진초록의 잎새 위로 햇살이 나를 끌어당기고 있다
허리를 굽혀 한 웅큼 담아 들었다

자정 무렵 아파트 현관문을 들어서는데 왼손에 든 햇살등이
진한 국화향기를 피우며 화사하게 다시 켜졌다
그 등불을 부처님 앞에 내려놓았다
말라 비틀어져가는 내안에 마지막 잎새가 되어줄 노란 햇살등

김미향
（태희）

이제 황혼의 아름다움과
황혼의 쓸쓸함을 마셔 본다

경북 울진 출생. 저서 : 공저 『호수 건너 아파트 숲 작은 초가집』 『동그라미에 갇히다』 『기다림은 흩어지고』 등.

세월

멈추지 않은 시간은
세월을 도망치듯 흘러가고
청량한 가을 햇살에
곱게 물든 단풍잎은
낙엽이 되어 멀어져 간다
제 아무리 아름다운 꽃이라도
계절이 지나면 시들고
변함없이 흐르는 시냇물은
노래하듯 세월을 보낸다
덧없이 흘러가는 세월에
내 마음만 조급해진다

내 마음

우린 언제나 그려요

네 마음 내 마음

그려도 그려도

그리운 우리 마음

어쩌면 우리 마음

그리운 별이 되었을까

외로운 별들이 저렇게 옹기종기

속삭이며 반짝이는데

그래…

우리 그리워만 해도 괜찮아

또다시

별이 반짝이는 밤이 오니까

그리운 마음 외쳐본다

김미향

바람의 사랑

밤새도록 바람이 나뭇잎을 애무하는

사랑을 보셨는지요

그냥 지나가는 세월도

무엇이든 할 수 있는 것도

바쁘게 살아온 날들 잠시 내려놓고

자연에 슬며시 기대어 본다

누가 잡을세라 따라올세라

달리기만 하던 삶

밤하늘의 은하수 한번 제대로 느껴보지 못한

모든 걸 내려놓고

자연의 사랑을 느껴본다

그렇게 달리지 않아도 시간은 변함없이

쫓기듯 달려가는데

밤바람이 나의 얼굴을 애무하는

여태껏 느껴보지 못한

밤하늘의 은하수만 무수히 떨어지고

아픈 손가락

　　　　고운 가을을 만져 보려던 어느 날 병원에서 연락이 왔다. 하늘이 무너지고 가슴이 아려지는 소식이다. 생각하기도 상상하기도 싫은 유방암 진단을 내 딸이 받았다는 것이다. 순간 말도 할 수 없어 그대로 얼음이 되어버렸다. 눈물만 하염없이 흐를 뿐 믿기 어려운 현실이었다. 수술을 끝내고 20회에 걸쳐 방사선 치료를 받아야 하는 내 딸 지연이. 엄마가 해 줄 수 있는 건 먹기 힘들어하는 딸에게 반찬 몇 가지 해다 주는 정도뿐이었다.

　내 딸 지연이는 내게 가장 아픈 손가락이었다. 아무것도 모르던 어린 나이에 내가 엄마가 되게 한 딸이다. 빈번한 가정불화로 인하여 불안과 상처로 얼룩질 수밖에 없었던 내 딸 지연이의 어린 시절이었다. 딸은 철 없던 엄마의 화풀이 대상이었고 행복하지 않았던 가정생활로 인한 버거움은 어린 딸에게 깊은 상처만 주며 살았다. 나에게 아픈 손가락인 내 딸이 유방암이라고 한다. 표현이 어색한 나는 딸에게 늘 죄스러움과 미안함만 가지고 있었다. 이 모든 상황이 못난 어미 탓인 것만 같았다. 방사선 후유증으로 먹는 것조차 힘들어하는 딸을 바라보며 가슴을 후벼 파는 듯 아리고 고통스럽다. 힘들어 하는 딸을 위해 아무것도 할 수 없는 무능한 내 자신이 원망스럽기까지 하다.

　속 깊은 딸은 나에게 힘들다는 내색조차 하지 않는다. 그런 딸을 보는 나는 더욱 가슴이 아프다. 내가 살갑게 하지 못해 멀게 느끼는 것 같아

안타깝고 후회스럽다. 딸네 집에 다녀올 때면 딸 앞에서 참았던 눈물이 주체할 수 없이 흐른다. 후회하고 또 후회해도 이미 지나버린 시간이고 돌이킬 수 없는 세월이다. 어느덧 딸의 나이가 마흔하고도 세 살이나 되었다. 손자 손녀를 앞에 두고 뜬금없이 사랑한다고 말하며 안아줄 수도, 미안하다고 말할 수도 없었다. 그저 흘러버린 세월을 아쉬워하며 허공에 대고 사랑한다고 미안하다고 말해 본다 내 딸이 어린 시절로 돌아갈 수만 있다면 사랑한다고 말해주고 싶다. 젊은 시절 마음껏 사랑해주지 못한 딸에게 사죄하는 마음으로 살아가고 싶다. 힘들겠지만 지금처럼 버텨주기를 간절히 바란다.

추적 검사 때마다 자꾸만 드러나는 병마들이 원망스럽다. 모든 게 가슴앓이시켰던 결과인가 싶어 더욱 미안하기만 하다. 오늘도 마음 저리며 하루를 또 보낸다. 내 딸이 건강하고 행복한 날들만 있기를 바라면서 이제 내게 남은 시간은 나의 딸들에게 사랑하는 엄마, 친구 같은 엄마, 애인 같은 엄마로 딸의 기억에 남기고 싶다. 그러한 엄마가 될 수 있게 최선을 다해 볼 것이다. 세월의 흔적 그리고 내 딸의 아픔을 바꿀 수 있다면 세상의 모든 신에게 빌고 싶다. 내 딸의 건강을 회복시켜 달라고 빌고 또 빌어본다.

황혜란

온종일 바둥대다 해 질 녘 앙금처럼 내려앉은 내 그림자
가져야 할 것도 잃을 것도 없는데
날마다 갈증으로 목이 마르다

『한국문인협회』 회원. 『경기여류문학회』 회원. 『수원문인협회』 이사. 수원시 『시울림 낭송협회』 회
원. 시인. 시 낭송가.

가슴앓이

소낙비 퍼붓던 날
허망하게 떠난 어머니
무거운 등짐 내려놓지 못하고
세찬 빗속을 걸어가셨다

큰아들 뇌막염에 가슴 조이고
둘째 딸은 시집 안 간다고 고집부리고
큰딸은 시집살이에 못 살겠다 속 뒤집고
육 남매를 움켜진 어머니의 고통이
뜨겁게 타들어간다

높은 화장장 굴뚝에서도
어머니의 검은 눈물이
소낙비처럼 내 가슴에 흘러내렸다

그림자

화계장터에서 만난
벚꽃, 흐드러진 벚꽃의 울음 같은

용정 땅에서 만난
동주의 저녁 같은

역신도 다 물리친
처용의 춤사위 같은
잿빛 하늘에 바람이 분다

온종일 바둥대다 해 질 녘 앙금처럼 내려앉은 내 그림자
가져야 할 것도 잃을 것도 없는데
날마다 갈증으로 목이 마르다
밤이 오는 사이사이 그 길 위에
허물 벗은 내 마른 정강이 밑으로 찬 바람이 분다
날마다 내일도 가고 오는
무거운 내 그림자

비상구

탈출은 희망이었다
생애 마지막인 것처럼
도망치듯 뛰었다

바람도 찬 칙칙한 새벽
내 몸을 버스에 구겨 넣고서야
비로소 환자를 버리고 온 양심이
목에 가시처럼 걸린다

한 시간의 비행은
구름을 뚫고 바다에 내려놓았다
철썩이는 파도 소리에
눈과 귀를 막았다

내 맘대로 살지 못한 시간들
마음에 품은 그리움도 없다
까닭 모를 서러움이 복받쳐
섬처럼 울었다

나를 안아 주는 등대 불빛도 따스하다

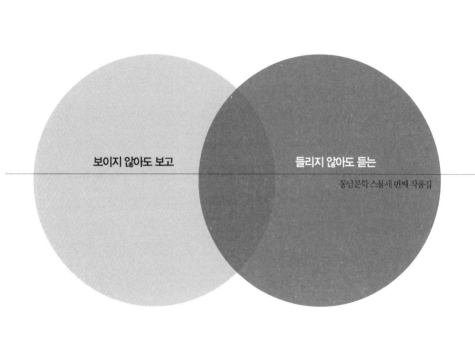

보이지 않아도 보고　　　　들리지 않아도 듣는

동남문학 스물세 번째 작품집

동남문학 스물세 번째 작품집

보이지 않아도 보고
들리지 않아도 듣는